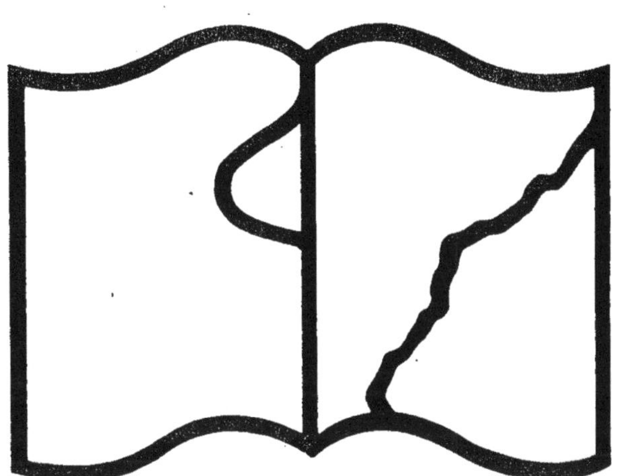

Texte détérioré — reliure défectueuse

NF Z 43-120-11

PIERRE
ET PAUL
TEXTE PAR UN PAPA
DESSINS DE L. FRŒLICH
BIBLIOTHÈQUE
D'ÉDUCATION et de RÉCRÉATION
J. HETZEL & Cie 18 rue JACOB
PARIS

PIERRE ET PAUL

publié en 1887

Par J. HETZEL ET Cⁱᵉ

COLLECTION HETZEL

PIERRE ET PAUL

TEXTE

PAR UN PAPA

DESSINS DE LORENTZ FRŒLICH

BIBLIOTHÈQUE
D'ÉDUCATION ET DE RÉCRÉATION

J. HETZEL ET C, 18, RUE JACOB

PARIS

Pierre et Paul se ressemblent comme deux gouttes d'eau. Cette ressemblance est, d'ailleurs, autant morale que physique. Sous prétexte qu'ils sont jumeaux, jamais ils n'obéissent ou ne désobéissent l'un sans l'autre.

Pour l'instant, ils creusent avec leurs pelles un canal destiné à relier deux flaques d'eau. Il s'agit de faire une seule belle grande, au lieu de deux petites. Mais les pelles, cela va trop doucement; avec les mains, la besogne avance bien plus vite.

M. de Lesseps n'a pas mieux réussi à percer un isthme, à réunir deux mers. Malheureusement Pierre et Paul se sont barbouillé la figure en voulant essuyer la sueur de leur front, et, devons-nous le dire? en suçant leurs doigts pour se désaltérer.

PIERRE ET PAUL

I

PIERRE ET PAUL SE SONT BARBOUILLÉ LA FIGURE EN VOULANT ESSUYER
LA SUEUR DE LEUR FRONT.

II

« Maintenant, dit Paul, allons nous débarbouiller à
la fontaine qui est au bout du parc. — En même temps
nous boirons avec nos gourdes que nous avons laissées
sous la tonnelle », répond Pierre, qui ne veut pas être
en reste de bonnes idées.

Les deux petites frimousses sont bientôt redevenues
roses ; mais la soif aura été longue à étancher.

PIERRE ET PAUL

II

MAIS LA SOIF AURA ÉTÉ LONGUE A ÉTANCHER.

III

Un grand coup de sonnette a fait courir les deux
ingénieurs à la porte d'entrée. Là, le facteur leur a remis
une lettre qui leur est adressée, à tous deux, leur a-t-il
dit. Ils sont enchantés. Oui, mais, comme Pierre ne sait
pas lire, Paul est exactement dans le même cas. C'est
maman qui a dû se charger de lire la bienheureuse lettre,
où leur cousine, Mlle Lili, leur annonce sa prochaine
visite, « si toutefois ils veulent bien l'accueillir ». Comment donc! ils seront trop heureux!

PIERRE ET PAUL

III

C'EST MAMAN QUI A DU SE CHARGER DE LIRE LA BIENHEUREUSE LETTRE.

IV

Pierre et Paul, ne sachant pas lire, ne savent pas
davantage écrire. Tout ce qu'ils peuvent faire pour
répondre à la lettre de leur cousine, c'est de lui envoyer
leurs portraits. Pierre a fait le bonhomme de Paul, tandis
que Paul faisait celui de Pierre. Pour la première fois
Pierre et Paul ne se ressemblent plus. A cela près, ce
sont deux morceaux fort agréables. On devient écrivain,
mais on naît dessinateur, et même ingénieur,
on l'a vu.

PIERRE ET PAUL

IV

PIERRE A FAIT LE BONHOMME DE PAUL, TANDIS QUE PAUL FAISAIT
CELUI DE PIERRE.

V

Maman a ri en regardant les portraits. Preuve qu'elle ne trouve pas l'idée mauvaise. Cependant elle pense qu'il serait bon aussi de joindre à l'envoi quelques mots d'éclaircissement. C'est elle qui écrira ce que Pierre et Paul lui dicteront. Ceux-ci ont approuvé; mais il faut d'abord qu'ils se consultent un peu pour savoir « comment dire ». C'est très difficile à tourner une lettre, quand on n'en a pas l'habitude.

PIERRE ET PAUL

V

C'EST TRÈS DIFFICILE A TOURNER UNE LETTRE QUAND ON N'EN A
PAS L'HABITUDE.

VI

Cela n'a pas été tout seul ; mais enfin on en est venu à bout, sans trop ânonner, maman écrivant et les deux enfants dictant à tour de rôle. Et voici le résultat : « Chère cousine, nous t'envoyons nos portraits que nous avons faits nous-mêmes exprès pour toi. Viens vite voir s'ils sont ressemblants. Nous serons bien contents, et toi aussi. Nous jouerons au cheval, à la balançoire, à tout ce que tu voudras. En attendant, nous t'embrassons chacun sur une joue, ça ne fait rien laquelle. Tes deux cousins, Pierre et Paul. » Et tout cela en quatre lignes, c'est merveilleux. Mlle Lili ne peut manquer d'en être ravie. On ne reçoit pas tous les jours une lettre si aimable, et illustrée, qui plus est.

VI

MAMAN ÉCRIVANT ET LES DEUX ENFANTS DICTANT A TOUR DE RÔLE.

VII

Mlle Lili est enfin arrivée! C'est déjà une très grande
personne, Mlle Lili, elle a presque la tête de plus que ses
cousins. Mais c'est aussi, comme on sait, une très gen-
tille personne, et elle s'est mise tout de suite à leur
portée. Oh! ils n'en ont pas eu peur le moins du monde.
Pierre l'a prise par une main, Paul par l'autre, et ils l'ont
emmenée visiter *leur* jardin. Ils lui racontent tout : les
arbres, les fleurs, la serre, la basse-cour, la fontaine,
sans oublier leurs fameux travaux hydrauliques, qui,
certainement, combleront Mlle Lili d'admiration.

PIERRE ET PAUL

VII

PIERRE L'A PRISE PAR UNE MAIN, PAUL PAR L'AUTRE, ET ILS L'ONT
EMMENÉE VISITER LEUR JARDIN.

VIII

Pierre et Paul ont le sentiment de l'hospitalité inné comme celui de la fraternité. On est en été, il fait très chaud ; tous deux, en même temps, ont pensé que leur cousine serait bien aise de se rafraîchir un peu. Pierre, en regardant à droite, a découvert une pêche déjà mûre, c'est la première. Elle est bien haut ; mais en se dressant sur la pointe des pieds, il arrivera à la saisir. Paul, de son côté, avec moins de peine, a trouvé dans la plate-bande, à gauche, une fraise encore très belle, c'est la dernière. Inutile d'ajouter que maman avait donné d'avance permission de cueillir pour la cousine tout ce qui pourrait lui faire plaisir, fleurs et fruits.

PIERRE ET PAUL

VIII

TOUS DEUX, EN MÊME TEMPS, ONT PENSÉ QUE LEUR COUSINE SERAIT
BIEN AISE DE SE RAFRAICHIR UN PEU.

IX

Tandis que Pierre s'en vient à pas comptés, tenant sa pêche bien délicatement pour ne pas en altérer le velouté, Paul s'efforce de faire déguster sa fraise à Mlle Lili. Peine perdue, Mlle Lili reste obstinément la bouche fermée. Ce n'est pas cependant qu'elle ne soit touchée de la gracieuse attention de ses cousins ni qu'elle fasse fi des fraises et des pêches ; seulement elle n'aime pas à en manger ainsi en égoïste, et il lui est venu une idée qu'elle va, dans un instant, communiquer à ses deux petits compagnons.

IX

PEINE PERDUE, Mlle LILI RESTE OBSTINÉMENT LA BOUCHE FERMÉE.

X

L'idée de M^{llo} Lili, c'était de faire servir pêche et
fraise avec ce qu'on pourrait y ajouter, à une dînette sous
la tonnelle, où il se trouve une table et des sièges tout
disposés. La proposition a été adoptée avec enthou-
siasme, et on a procédé, sans délai, aux préparatifs.
Pierre est allé bien vite récolter encore quelques fruits ;
Paul a couru à la maison et en a rapporté plats, assiettes,
fourchettes du ménage que leur a donné, aux étrennes, la
maman de M^{llo} Lili. Quelques gâteaux avec cela. Il n'a
pas oublié non plus la carafe. Quant au vin, la fontaine,
qui est près de là, en fournira en abondance.

PIERRE ET PAUL

X

ON A PROCÉDÉ SANS DÉLAIS AUX PRÉPARATIFS.

C'est connu, il n'y a jamais eu de dîner, si fin qu'il
fût, qui pût, comme agrément, rivaliser avec une dînette.
Pas d'aile de perdreau, pas d'ortolan qui ait la saveur
idéale des semblants qu'on en fait avec des quartiers de
poire ou de pêche, ou bien des bribes de biscuit. Il n'y
a pas à dire, c'est délicieux. Mlle Lili elle-même est
enchantée. Pierre et Paul s'acquittent de leurs devoirs
de convives avec la plus imperturbable conviction, et
tous trois se rappelleront longtemps avec bonheur leur
petit festin improvisé, qui, — c'est encore un avantage, —
ne leur aura pas chargé l'estomac.

XI

Mlle LILI, PIERRE ET PAUL S'ACQUITTENT DE LEURS DEVOIRS DE CONVIVES
AVEC LA PLUS IMPERTURBABLE CONVICTION.

XII

Il n'est si bons amis, même étant cousins, qui ne doivent se quitter. La maman de Mlle Lili n'a pu accorder qu'un jour de congé. Il faut que sa fille rentre à sa pension. La voiture qui doit l'emmener est arrivée. C'est le moment des adieux. Ils ne se font pas sans que, de part et d'autre, il y ait des larmes dans la voix et même dans les yeux. « Tu reviendras, cousine ? — Sans doute, aux vacances. — Pour faire encore une dînette ? — Beaucoup de dînettes. — Et tu nous écriras ? Nous allons bien apprendre pour pouvoir lire nous-mêmes tes lettres. — C'est cela ! Adieu, adieu, adieu.... » Et dire qu'il va pourtant falloir se séparer !

PIERRE ET PAUL

XII

LES ADIEUX NE SE FONT PAS SANS QUE, DE PART ET D'AUTRE, IL Y AIT
DES LARMES DANS LA VOIX ET MÊME DANS LES YEUX.

XIII

Le lendemain du départ de Mlle Lili, Pierre et Paul,
en se levant, n'ont pas montré la gaieté bruyante qui
leur est habituelle. Après le déjeuner, ils sont allés au
jardin revoir la tonnelle où la veille... « elle était là, se
sont-ils dit en soupirant. — Elle n'y est plus... » ont-ils
ajouté. Nouveaux soupirs. Et ils ont recommencé à errer
mélancoliquement. Arrivés devant un groseiller épineux
tout chargé de fruits, ils se sont arrêtés, et, mélancoliquement, se sont mis à manger des groseilles, sans
regarder si elles étaient mûres ou non. Espérons qu'ils
n'auront pas à se repentir de leur distraction.

XIII

ILS SE SONT MIS A MANGER DES GROSEILLES.

XIV

La promenade au jardin ne les ayant pas consolés,
Pierre et Paul sont rentrés à la maison. En s'en allant de
pièce en pièce, ils sont arrivés dans le cabinet de leur
papa. Il y avait sur la cheminée deux vases fort beaux.
Pierre en a pris un à la main pour l'examiner, et, soit
émotion ou malaise, il l'a laissé tomber. Au bruit, papa
est accouru : « Qui a cassé cela ? demanda-t-il. — C'est
nous ! répondent à la fois les deux frères. — Comment
avez-vous pu faire ? — Comme ça, a dit Paul en saisissant
l'autre vase et le laissant aussi tomber sur le parquet où
il s'est brisé en mille pièces ! »

Pierre et Paul n'auront pas volé une bonne pénitence,
et le pauvre papa n'aura qu'une histoire de plus à
raconter sur eux. Ce ne sera probablement pas
la dernière.

PIERRE ET PAUL

XIV

« C'EST NOUS! » RÉPONDENT A LA FOIS LES DEUX FRÈRES.

XV

Pierre et Paul ont grandi, toujours exactement sem-
blables, de vrais ménechmes, comme disaient les Grecs,
des bessons, comme on dit en quelques provinces de
France. Ils ont revu plusieurs fois leur cousine, toujours
avec le même plaisir. Ils attendent encore sa visite pour
le lendemain, et c'est à son intention qu'ils sont allés à
la pêche. Leur ambition serait de pouvoir lui offrir une
belle friture. Malheureusement le poisson s'y prête peu.
Cependant Pierre vient enfin d'enlever un superbe
barbillon : « Attrape-le, dit-il à son frère; ça fera que
nous l'aurons pris tous les deux. »

PIERRE ET PAUL

XV

PIERRE VIENT ENFIN D'ENLEVER UN SUPERBE BARBILLON.

XVI

Dans quel piteux état les deux pêcheurs ont-ils
reparu devant leurs parents ! Trempés, ruisselants des
pieds à la tête ! Ont-ils donc tenté d'attraper les poissons
à la nage? Non ; mais voici : en cherchant à saisir celui
que son frère avait pris, Paul l'a décroché ; il a voulu le
rattraper au vol et n'a réussi qu'à le suivre dans la
rivière, pas bien profonde à cet endroit par bonheur.
Pierre s'y est précipité à son tour, et ils se sont repêchés
l'un l'autre. Mlle Lili se passera de friture ; mais du
moins ses cousins ne l'auront pas eue pour témoin de
leur humiliante mésaventure. Un bain froid, en plein
été, n'a rien de terrible.

XVI

TREMPÉS, RUISSELANTS DES PIEDS A LA TÊTE.

XVII

Pierre et Paul ont tenu la promesse qu'ils avaient faite à Mlle Lili ; ils ont appris à lire, à écrire, et quelques petites choses en outre. Et toujours la même similitude. Quand Pierre sait sa leçon, Paul sait la sienne aussi. Quand Paul ne sait pas, Pierre ne sait pas non plus. C'est le cas qui se présente ici. « Mais, dit le maître, je vous ai pourtant vu étudier bien attentivement pendant que votre frère bayait aux mouches. — C'est égal, monsieur, répond enfin Pierre, je ne peux pas savoir.... »

Et le maître a compris.

XVII

« C'EST ÉGAL, MONSIEUR, RÉPOND ENFIN PIERRE,
JE NE PEUX PAS SAVOIR. »

XVIII

Comme tous les papas et toutes les mamans, le papa et la maman de Pierre et de Paul voudraient bien, quoiqu'il n'y ait pas urgence, pouvoir se faire quelque idée de l'avenir réservé à leurs enfants, en les pressentant sur la profession vers laquelle les porteront leur caractère et leurs aptitudes. « Voyons, Pierre, qu'est-ce que tu veux être? demande le papa. — La même chose que Paul. — Et toi, Paul? — La même chose que Pierre. — Ce n'est pas répondre. Veux-tu être militaire, ingénieur, commerçant? — Tout ce que Pierre voudra être. » Impossible de les faire sortir de là. « Allons, conclut la maman, quoi qu'il arrive, nous sommes sûrs qu'ils resteront bien unis, s'aimant et s'entr'aidant toujours. »

PIERRE ET PAUL

XVIII

« VOYONS, PIERRE, QU'EST-CE QUE TU VEUX ÊTRE? DEMANDE LE PAPA.
— LA MÊME CHOSE QUE PAUL. »

XIX

Ces vases de leur papa qu'ils avaient cassés pesaient
gravement sur la conscience de Pierre et de Paul. Pour
les remplacer, ils ont, pendant une année, économisé
presque tout l'argent de leurs semaines et de leurs
étrennes. Enfin, chez un marchand que leur avait indiqué
Mlle Lili, ils ont trouvé une paire de vases à peu près
pareils aux anciens, que leur papa a bien voulu accepter.
Ils n'avaient pas pu en donner le prix tout de suite en
entier; mais le marchand, sur leur bonne mine et sur
leur nom, leur avait fait crédit du surplus. En ce moment,
Pierre accomplit le dernier paiement. Les voilà donc
quittes! Aussi, voyez comme Paul fait claquer son fouet,
un fouet qu'il désirait depuis longtemps et qu'il vient
seulement de pouvoir s'octroyer!

PIERRE ET PAUL

XIX

EN CE MOMENT PIERRE ACCOMPLIT LE DERNIER PAIEMENT.

XX

La vocation de Pierre et de Paul commence à se faire jour. Effet de l'uniforme peut-être, depuis qu'ils sont au lycée, la carrière des armes a toutes leurs aspirations. Avec un groupe de camarades imbus de la même idée, ils se livrent, pendant les récréations, aux marches, aux évolutions, aux petites guerres les plus variées. Aujourd'hui Pierre est capitaine, Paul est lieutenant. Demain, ce sera l'inverse, et, certes, Mlle Lili serait bien fière si elle voyait avec quelle crânerie ils s'acquittent l'un et l'autre de leurs fonctions.

PIERRE ET PAUL

XX

AUJOURD'HUI PIERRE EST CAPITAINE, PAUL EST LIEUTENANT.

XXI

Les vacances sont arrivées. Pierre et Paul sont rentrés, pour deux mois, dans la vie civile. Ils lisent. Mais quel est donc le livre qui peut les captiver ainsi? Nul autre que le volume du *Magasin d'éducation et de récréation* où est relatée leur histoire et dont M. Hetzel s'est donné le plaisir de leur offrir la primeur. Ils ont été d'abord très satisfaits qu'on y rendît justice au charmant caractère de leur cousine, et ils sont très flattés de s'y voir eux-mêmes portraiturés avec leurs défauts dont ils se corrigent, leurs qualités qu'ils ont su conserver et leur mutuelle affection qui ne s'altérera jamais. Puissent-ils, pour ce dernier point, servir d'exemple à tous les frères présents et à venir, jumeaux ou non!

PIERRE ET PAUL

XXI

QUEL EST DONC LE LIVRE QUI PEUT LES CAPTIVER AINSI?

IMPRIMERIE A. LAHURE, RUE DE FLEURUS, 9, A PARIS

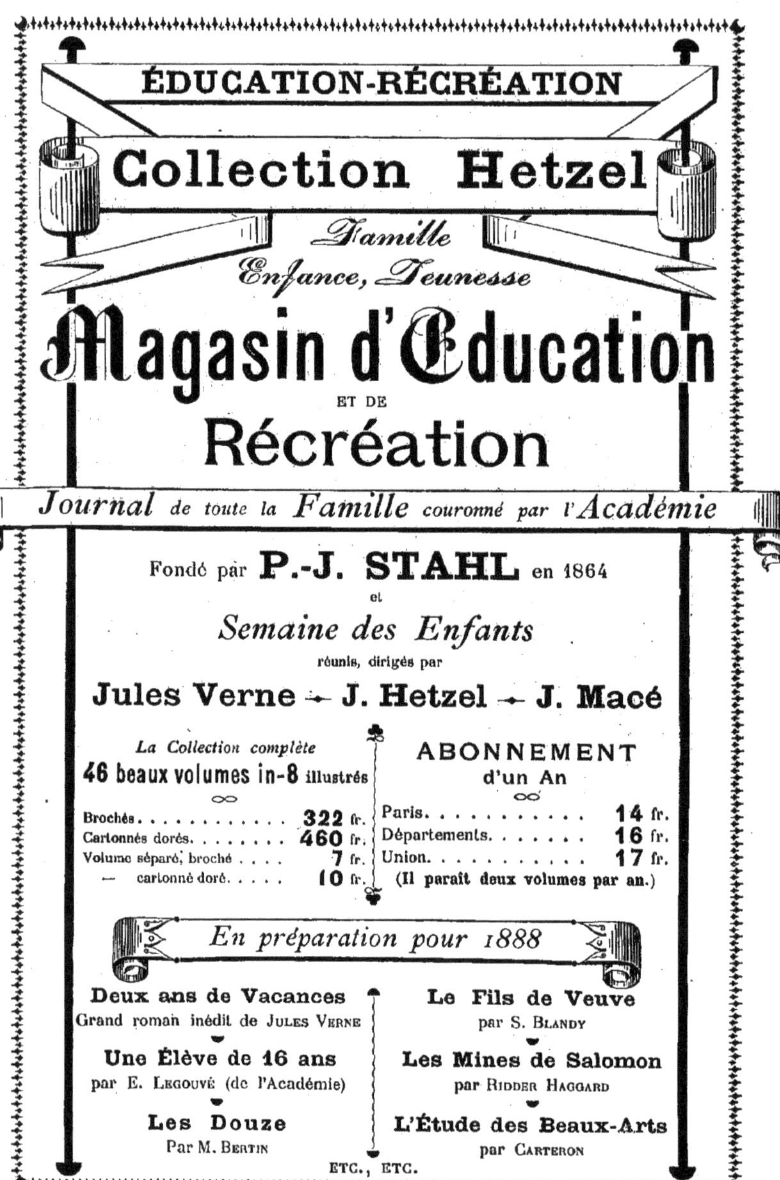

ÉDUCATION-RÉCRÉATION

Collection Hetzel

Famille
Enfance, Jeunesse

Magasin d'Œducation
ET DE
Récréation

Journal de toute la Famille couronné par l'Académie

Fondé par P.-J. STAHL en 1864
et
Semaine des Enfants
réunis, dirigés par

Jules Verne — J. Hetzel — J. Macé

La Collection complète
46 beaux volumes in-8 illustrés

Brochés. . . . . 322 fr.
Cartonnés dorés. . . . . . . 460 fr.
Volume séparé, broché . . . . 7 fr.
— cartonné doré. . . . . 10 fr.

ABONNEMENT
d'un An

Paris. . . . . 14 fr.
Départements. . . . . . . 16 fr.
Union. . . . . 17 fr.
(Il paraît deux volumes par an.)

En préparation pour 1888

Deux ans de Vacances
Grand roman inédit de Jules Verne

Le Fils de Veuve
par S. Blandy

Une Élève de 16 ans
par E. Legouvé (de l'Académie)

Les Mines de Salomon
par Ridder Haggard

Les Douze
Par M. Bertin

L'Étude des Beaux-Arts
par Carteron

ETC., ETC.

Catalogue DX.

MAGASIN D'EDUCATION ET DE RÉCRÉATION

Les Tomes I à XXIV
renferment comme œuvres principales :

L'Ile mystérieuse, Les Aventures du Capitaine Hatteras, Les Enfants du Capitaine Grant, Vingt mille lieues sous les mers, Aventures de trois Russes et de trois Anglais, Le Pays des Fourrures, Michel Strogoff, de JULES VERNE. — La Morale familière (cinquante contes et récits), Les Contes Anglais, La Famille Chester, Histoire d'un Ane et de deux jeunes Filles, La Matinée de Lucile, Le Chemin glissant, Une Affaire difficile, L'Odyssée de Pataud et de son chien Fricot, de P.-J. STAHL. — La Roche aux Mouettes, de Jules SANDEAU. — Le nouveau Robinson suisse, de STAHL et MULLER. — Romain Kalbris, d'Hector MALOT. — Histoire d'une maison, de VIOLLET-LE-DUC. — Les Serviteurs de l'Estomac, Le Géant d'Alsace, L'Anniversaire de Waterloo, Le Gulf-Stream, La Grammaire de mademoiselle Lili, Un Robinson fait au collège, de Jean MACÉ. — Le Denier de la France, La Chasse, Le Travail et la Douleur, A Madame la Reine, Un Premier Symptôme, Sur la Politesse, Un Péché véniel, Diplomatie de deux mamans, etc., de E. LEGOUVÉ. — Petit Enfant, Petit Oiseau, L'Absent, Rendez-vous, La France, La Sœur aînée, L'Enfant grondé, etc., par Victor DE LAPRADE. — La Jeunesse des Hommes célèbres, de MULLER. — Aventures d'un jeune Naturaliste, Entre Frères et Sœurs, de Lucien BIART. — Le Petit Roi, de S. BLANDY. — L'Ami Kips, de G. ASTON. — Causeries d'Economie pratique, de Maurice BLOCK. — Les Vilaines Bêtes, de BÉNÉDICT. — Vieux Souvenirs, Départ pour la Campagne, Bébé aime le rouge, de Gustave DROZ. — Le Pacha berger, de LABOULAYE. — La Musique au foyer, de P. LACOME. — Histoire d'un Aquarium, Les Clients d'un vieux Poirier, de E. VAN BRUYSSEL. — Histoire de Bébelle, Une Lettre inédite, Septante fois sept, de DICKENS. — Pâquerette, Le Taciturne, etc., de H. FAUQUEZ. — Le Petit Tailleur, de A. GÉNIN. — Curiosités de la vie des Animaux, par P. NOTH. — Notre vieille Maison, de H. HAVARD. — Le Chalet des Sapins, par Prosper CHAZEL. — Les Deux Tortues, Ce qu'on faisait à un bébé quand il tombait, par F. DUPIN DE SAINT-ANDRÉ, etc., etc.

Les petites Sœurs et les petites Mamans, Les Tragédies enfantines, Les Scènes familières, textes de P.-J. STAHL.

Les Tomes XXV à XLVI
renferment comme œuvres principales :

JULES VERNE : Nord contre Sud, Un Billet de Loterie, L'Étoile du Sud, Kéraban-le-Têtu, L'École des Robinsons, La Jangada, La Maison à vapeur, Les Cinq cents millions de la Bégum, Hector Servadac. — JULES VERNE et ANDRÉ LAURIE : L'Épave du Cynthia. — P.-J. STAHL : Maroussia, Les Quatre Filles du docteur Marsch, Le Paradis de M. Toto, La Première cause de l'avocat Juliette, Un Pot de crème pour deux, La poupée de mademoiselle Lili. — STAHL et LERMONT : Jack et Jane, La Petite Rose. — LUCIEN BIART : Monsieur Pinson, Aventures de deux enfants dans un parc. — E. LEGOUVÉ, *de l'Académie :* Leçons de lecture, etc. — VICTOR DE LAPRADE, *de l'Académie :* Le Livre d'un Père. — A. DEQUET : Mon Oncle et ma Tante. — A. BADIN : Jean Casteyras. — E. EGGER, *de l'Institut :* Histoire du Livre. — J. MACÉ : La France avant les Francs. — CH. DICKENS : L'Embranchement de Mugby. — ANDRÉ LAURIE : Le Bachelier de Séville, Une Année de collège à Paris, Scènes de la vie de collège en Angleterre, Mémoires d'un Collégien, L'Héritier de Robinson. — P. CHAZEL : Riquette. — Dr CANDÈZE : La Gileppe, Aventures d'un Grillon, Périnette. — C. LEMONNIER : Bébés et Joujoux. — HENRY FAUQUEZ : Souvenirs d'une Pensionnaire. — J. LERMONT : Les jeunes Filles de Quinnebasset. — F. DUPIN DE SAINT-ANDRÉ : Histoire d'une bande de canards, La Vieille Casquette, etc. — TH. BENTZON : Un Conte d'hiver en Alsace, Le Petit Violon, etc. — BÉNÉDICT : Le Noël des petits Ramoneurs, Les charmantes Bêtes, etc. — A. GENIN : Marco et Tonino, Histoire de deux Pigeons de Saint-Marc. — F. DIENY : La Patrie avant tout. — C. LEMAIRE : Le Livre de Trotty. — G. NICOLE : Le Chibouk du Pacha, etc. — GENNEVRAYE : Théâtre de Famille, La petite Louisette. — BERTIN : Voyage au pays des défauts, Les deux Côtés du mur. — PERRAULT : Pas-Pressé, Les Lunettes de Grand'-Maman. — B. VADIER : Blanchette, Comédies. — I. A. REY : Les Travailleurs microscopiques. — BLANDY : L'Oncle Philibert. — GOUZY : Voyage au Pays des Étoiles, Promenade d'une Fillette, Autour d'un Laboratoire, Pierre et Paul, — Les petits Bergers, par un Papa.

Illustrations par ATALAYA, BAYARD, BENETT, BECKER, CHAM, GEOFFROY, L. FRŒLICH, FROMENT, LAMBERT, LALAUZE, LIX, ADRIEN MARIE, MEISSONIER, DE NEUVILLE, PHILIPOTEAUX, RIOU, G. ROUX, TH. SCHULER, etc.

N. B. — La plus grande partie de ces œuvres ont été couronnées par l'Académie française.

CHAQUE VOLUME SE VEND SÉPARÉMENT
Prix : broché, **7** fr.; cartonné toile, tranches dorées, **10** fr.; relié, tranches dorées, **12** fr.

(1ᵉʳ Âge)

ALBUMS STAHL IN-8° ILLUSTRÉS

Les Albums Stahl

Il y a des lecteurs qui ne sont pas hommes encore et à qui il faut des lectures et des images pour leur premières curiosités. Ce public innombrable et frêle n'a pas été oublié. Les *Albums Stahl* leur donnent de piquants ou de jolis dessins accompagnés d'un texte naïf. La naïveté est celle qu'un ingénieux esprit, comme Stahl, peut offrir. Elle a ses malices légères et sa gaieté tendre. Les dessins ont de la fantaisie dans la vérité. Bégayements heureux, rires argentins, ce sont là les effets que produisent ces albums caressants. Il y a beaucoup de gros livres et de travaux ambitieux qui n'ont pas la même utilité.

GUSTAVE FRÉDÉRIX. (*Indépendance Belge.*)

FRŒLICH

† Pierre et Paul.
La Poupée de Mⁱˡᵉ Lili.
La Journée de M. Jujules.
L'A perdu de Mⁱˡᵉ Babet.
Alphabet de Mⁱˡᵉ Lili.
Arithmétique de Mⁱˡᵉ Lili.
Bonsoir, petit père.
Cerf-Agile, histoire d'un jeune sauvage.
Commandements du Grand-Papa.

La Fête de Mⁱˡᵉ Lili.
Journée de Mⁱˡᵉ Lili.
La Grammaire de Mⁱˡᵉ Lili. (J. MACÉ.)
Le Jardin de M. Jujules.
Mⁱˡᵉ Lili aux Eaux.
Les Caprices de Manette.
Les Jumeaux.
Un drôle de Chien.
La Fête à Papa.
Mlle Lili à la campagne.

Monsieur Toc-Toc.
Le premier Chien et le premier Pantalon.
L'Ours de Sibérie.
Le petit Diable.
Premier Cheval et première Voiture.
Premières armes de Mⁱˡᵉ Lili.
La Salade de la grande Jeanne.
La Crème au chocolat.
M. Jujules à l'école.

L. BECKER . . . . L'Alphabet des Oiseaux.
— . . . . L'Alphabet des Insectes.
COINCHON (A.) . . . . Histoire d'une Mère.
DETAILLE . . . . Les bonnes idées de mademoiselle Rose.
FATH . . . . Le Docteur Bilboquet.
— . . . . Gribouille. — Jocrisse et sa Sœur.
— . . . . Les Méfaits de Polichinelle. — Pierrot à l'École.
— . . . . La Famille Gringalet. — Une folle soirée chez Paillasse.
FROMENT . . . . Le Petit Acrobate.
— . . . . La Boîte au lait. — Histoire d'un pain rond.
— . . . . La Petite Devineresse. — Le Petit Escamoteur.
GEOFFROY . . . . Le Paradis de M. Toto. — 1ʳᵉ Cause de l'avocat Juliette.
— . . . . † L'âge de l'École.
GRISET . . . . La Découverte de Londres.
JUNDT . . . . L'École buissonnière.
LALAUZE . . . . Le Rosier du petit Frère.
LAMBERT . . . . Chiens et Chats.
LANÇON . . . . Caporal, le chien du régiment.
MARIE (A.) . . . . Le petit Tyran.
MATTHIS . . . . Les deux Sœurs.
MÉAULLE . . . . Petits Robinsons de Fontainebleau.
PIRODON . . . . Histoire d'un Perroquet. — Histoire de Bob aîné.
— . . . . La Pie de Marguerite.
SCHULER (TH.) . . . . Les Travaux d'Alsa.
VALTON . . . . Mon petit Frère.

ALBUMS STAHL ILLUSTRÉS gr. in-8°

FRŒLICH

Mⁱˡᵉ Mouvette.
M. Jujules et sa sœur Marie.
Petites Sœurs et petites Mamans.

Voyage de Mⁱˡᵉ Lili autour du monde.
Voyage de découvertes de Mⁱˡᵉ Lili.
La Révolte punie.

CHAM . . . . Odyssée de Pataud.
FROMENT . . . . La belle petite Princesse Ilsée. — La Chasse au volant.
GRISET (E.) . . . . Aventures de trois vieux Marins. — Pierre le Cruel.
SCHULER (T.) . . . . Le premier Livre des petits enfants.
VAN BRUYSSEL . . . . Histoire d'un Aquarium.

ALBUMS STAHL en COULEURS, IN-4°

L. FRŒLICH
Chansons & Rondes de l'Enfance

Sur le Pont d'Avignon.	Giroflé-Girofla.	Le bon roi Dagobert.
La Tour prends garde.	Il était une Bergère.	Compère Guilleri.
La Marmotte en vie.	M. de La Palisse.	Malbrough s'en va-t-en guerre.
La Boulangère a des écus.	Au Clair de la Lune.	Nous n'irons plus au bois.
La Mère Michel.	Cadet-Roussel.	

L. FRŒLICH

La Bride sur le cou. — M. César. — Le Cirque à la maison. — Mlle Furet. — Pommier de Robert.
Moulin à paroles. — Jean le Hargneux. — Hector le Fanfaron. — La Revanche de François.

BECKER.	Une drôle d'École.
COURBE	L'Anniversaire de Lucy.
GEOFFROY	Monsieur de Crac. — Don Quichotte. — Gulliver.
—	† L'Ane gris. — Le pauvre Ane.
JAZET.	L'Apprentissage du Soldat.
DE LUCHT	† Les trois montures de John Cabriole.
—	La Leçon d'Équitation.— La Pêche au Tigre.
MATTHIS.	Métamorphoses du Papillon.
MARIE.	Mademoiselle Suzon.
TINANT	† Du haut en bas. — Un Voyage dans la neige.
—	Une Chasse extraordinaire.
—	Les Pêcheurs ennemis. — La Guerre sur les Toits.
—	La Revanche de Cassandre.
TROJELLI.	Alphabet musical de Mlle Lili.

PETITE BIBLIOTHÈQUE BLANCHE
Volumes gr. in-16 colombier, Illustrés

AUSTIN	Boulotte.
BAUDE (L.).	Mythologie de la Jeunesse.
BERTIN (M.).	† Voyage au Pays des défauts.—Les deux Côtés du mur.
BIGNON.	Un Singulier petit Homme.
CHAZEL (PROSPER).	Riquette.
DE CHERVILLE (M.).	Histoire d'un trop bon Chien.
DEVILLERS	Les Souliers de mon voisin.
DICKENS (CH.)	L'Embranchement de Mugby.
DIENY (F.)	La Patrie avant tout.
DUMAS (A.).	La Bouillie de la comtesse Berthe.
FEUILLET (O.).	La Vie de Polichinelle.
GÉNIN (M.).	Le Petit Tailleur Bouton. — Marco et Tonino.
—	Les Pigeons de Saint-Marc. — Un petit Héros.
GENNEVRAYE.	Petit Théâtre de Famille.
GOZLAN (LÉON)	Le Prince Chènevis.
KARR (ALPHONSE)	Les Fées de la mer.
LA BÉDOLLIÈRE (DE)	Histoire de la Mère Michel et de son chat.
LACOME	La Musique en famille.
LEMAIRE-CRETIN	Le Livre de Trotty.
LEMOINE	La Guerre pendant les vacances.
LEMONNIER (C.)	Bébés et Joujoux.
—	Histoire de huit Bêtes et d'une Poupée.
LOCKROY (S.).	Les Fées de la Famille.
MULLER (E.).	Récits enfantins.
MUSSET (P. DE)	Monsieur le Vent et Madame la Pluie.
NODIER (CHARLES).	Trésor des Fèves et Fleur des Pois.
NOEL (E.).	La Vie des Fleurs.
OURLIAC (E.)	Le Prince Coqueluche.
PERRAULT (P.).	Les Lunettes de Grand'Maman.
SAND (GEORGE)	Le Véritable Gribouille.
STAHL (P.-J.)	Les Aventures de Tom Pouce.
VAN BRUYSSEL	Les Clients d'un vieux Poirier.
VERNE (JULES)	Un Hivernage dans les glaces. — Christophe Colomb.
VIOLLET-LE-DUC	Le Siège de la Rochepont.

Bibliothèque d'Éducation et de Récréation

QUELS souvenirs agréables et charmants ce titre général ne rappelle-t-il pas aux hommes jeunes d'aujourd'hui, ceux qui entraient dans la vie au moment même où une révolution complète s'opérait, en leur faveur, dans la littérature! Car il n'y a pas beaucoup plus de vingt ans que les jeunes gens lisent, c'est-à-dire qu'ils ont des livres conçus pour eux, écrits pour eux, et dont le succès est tel qu'on n'aurait pas osé l'attendre.

« C'est presque une innovation que l'introduction de la lecture dans les plaisirs de la jeunesse. Elle date presque d'hier : mettons vingt ans, c'est tout le bout du monde. Pendant ces vingt années, l'éditeur Hetzel a su publier 300 volumes de premier ordre.

« Le titre trouvé par l'éditeur constitue à lui seul un programme : ÉDUCATION et RÉCRÉATION. Et en effet, tout est là. Ces beaux et bons livres instruisent et ils amusent. »

VOLUMES IN-8° CAVALIER, ILLUSTRÉS

VOLUMES IN-8° RAISIN, ILLUSTRÉS

Contes et Romans de l'Histoire Naturelle

Aventures d'un Grillon. — « Cette biographie d'un insecte obscur cache, sous une fine allégorie, non seulement un petit traité de morale familière, mais encore des notions d'entomologie très précises et très sûres. L'auteur, M. Ernest Candèze, est un écrivain déjà connu des lecteurs de la *Revue Scientifique*, et ses qualités littéraires ne nuisent pas, bien au contraire, à l'autorité de son enseignement.

Volumes in-8° illustrés (SUITE)

« C'est une philosophie ingénieuse que celle qui cherche dans l'étude du plus petit des mondes, du monde des insectes, des leçons applicables à l'univers entier. C'est merveille de voir comment même les petits côtés de la science gagnent à être traités par des écrivains littéraires, quand ils ont su se munir au préalable d'un savoir sérieux et éprouvé. »

(Revue Scientifique.)

« La Gileppe est un roman.... j'allais dire naturaliste, mais il ne faut pas confondre; c'est un roman d'histoire naturelle bâti sur cette simple donnée : les infortunes d'une population d'insectes. C'est de la science amusante, le tout spirituel et d'un très bon style. »

CAUVAIN (H.)................ Le grand Vaincu (le Marquis de Montcalm).
DAUDET (ALPHONSE)..... Histoire d'un Enfant.
— .... Contes choisis.
DESNOYERS (L.)........... Aventures de Jean-Paul Choppart.
GENNEVRAYE............... Théâtre de Famille.
— .... La petite Louisette.
GRIMARD (E.).............. La Plante.
HUGO (VICTOR)............ Le Livre des Mères.
LAPRADE (V. DE)......... Le Livre d'un Père.

LA VIE DE COLLÈGE DANS TOUS LES PAYS

ANDRÉ LAURIE. Mémoires d'un Collégien (Un lycée de département). — La Vie de Collège en Angleterre. — Une Année de Collège à Paris. — Un Écolier hanovrien. — Tito le Florentin. — Autour d'un Lycée Japonais. — † Le Bachelier de Séville.

M. Francisque Sarcey a consacré dans le XIX° Siècle et le Gagne-Petit, à chacun des livres qui composent cette série, une étude spéciale.

« Notre ami Hetzel, écrivait-il au mois de décembre 1885, a commencé une collection bien curieuse et dont le titre générique suffit à indiquer l'intérêt. Chaque année, il paraît un volume qui nous transporte dans un pays différent. Il y a quatre ans, nous étions en France; l'année suivante on nous a menés en Angleterre; l'an d'après, en Allemagne. L'ensemble des volumes, dont cette série doit se composer, formera une étude assez complète des divers systèmes d'éducation suivis par chaque nation.

« Tous ces volumes partent de la même main; ils sont de M. André Laurie, qui me paraît être un universitaire fort au courant des questions pédagogiques, et qui n'en est pas moins un conteur agréable et un écrivain élégant C'est chaque année un régal attendu par moi de recevoir et de déguster son volume. »

Francisque Sarcey.

LES ROMANS D'AVENTURES

ANDRÉ LAURIE.......... Le Capitaine Trafalgar
— .... L'Héritier de Robinson.
J. VERNE ET A. LAURIE.... L'Épave du Cynthia.
STEVENSON ET A. LAURIE.. L'Ile au Trésor.

A propos de l'Épave du Cynthia, M. Ulbach écrivait les lignes suivantes :

« La collaboration de MM. Jules Verne et André Laurie ne pouvait être que féconde. La science de l'un, l'observation de l'autre, les qualités littéraires des deux collaborateurs font de ce livre un des plus émouvants de la collection nouvelle. »

« Il y a peu de livres plus nourris de faits, plus substantiels, et d'un intérêt mieux soutenu que l'Épave du Cynthia, » a écrit M. Duncourt dans la Gazette de France.

« Plus sombre, plus terrible est l'Ile au Trésor, roman popularisé en Angleterre par des milliers d'éditions, et dont la maison Hetzel s'est assuré le droit de traduction exclusif. On raconte que M. Gladstone, le grand homme d'État, rentrant chez lui, après une séance agitée, trouva, par hasard, sous sa main, l'Ile au Trésor de Stevenson. Il en parcourut les premières pages, et il ne quitta plus le livre qu'il ne l'eût achevé. C'est que ces premières pages sont un chef-d'œuvre d'exposition mystérieuse, d'attractions captivantes... »

LEGOUVÉ................ Nos Filles et nos Fils.
— .... La Lecture en famille.
LERMONT (J.)........... † Les jeunes Filles de Quinnebasset.
MACÉ (JEAN)............ Contes du Petit-Château.
— .... Histoire d'une Bouchée de Pain.
— .... Histoire de deux Marchands de pommes.
— .... Les Serviteurs de l'estomac.
— .... Théâtre du Petit-Château.
MALOT (HECTOR)....... Romain Kalbris.
MARELLE (CH.).......... Le Petit Monde.

Aventures de Terre et de Mer

Œuvres choisies. — 16 volumes

MAYNE-REID. Désert d'eau. — Deux Filles du Squatter. — Chasseurs de chevelures. — Chef au Bracelet d'or. — Exploits des jeunes Boërs. — Jeunes Esclaves. — Jeunes Voyageurs. — Petit Loup de mer. — Montagne perdue. — Naufragés de l'île de Bornéo. — Planteurs de la Jamaïque. — Robinsons de terre ferme. — Sœur perdue. — William le Mousse. — Les Émigrants du Transwaal. — La Terre de Feu.

M AYNE-REID est un Cooper plus accessible à tous, aux jeunes gens en particulier. Scrupuleusement moral, d'une imagination riche et curieuse, mettant en scène quelque simple récit, autour duquel il groupe des incidents romanesques, et cependant possibles, promène son lecteur au milieu des forêts vierges, parmi les tribus sauvages, et exalte le courage individuel aux prises avec les difficultés et les nécessités de la vie. » CLARETIE.

« Que les jeunes gens à qui les *Chasseurs de Chevelures* et les *Naufragés de l'île de Bornéo* ont procuré tant d'émotions dramatiques et toujours saines, jouissent de leur reste, a écrit Victor Fournel, dans le *Moniteur universel*, dans son étude sur la *Terre de feu*, la dernière œuvre de Mayne-Reid; il n'écrira plus pour eux, ce conteur inépuisable, ce Cooper de la jeunesse, dont les *Aventures de terre et de mer* ont charmé tant d'imaginations, en les entraînant au loin dans les contrées mystérieuses de l'Afrique et les solitudes du nouveau monde. » VICTOR FOURNEL.

MICHELET (J.) (Gr. in-8°). . . . . Histoire de France. 5 volumes.
MULLER (E.). . . . . La Jeunesse des Hommes célèbres.
— . . . . Les Animaux célèbres.
RATISBONNE (LOUIS) . . . . . ☺ La Comédie enfantine.
SAINTINE (X.). . . . . Picciola.
SANDEAU (J.). . . . . La Roche aux Mouettes. — ☺ Madeleine.
— . . . . Mademoiselle de la Seiglière.
SAUVAGE (E.) . . . . La Petite Bohémienne.
SEGUR (COMTE DE). . . . . . . Fables.

ŒUVRES de P.-J. STAHL

☺ Contes et Récits de Morale familière. — Les Histoires de mon Parrain. — ☺ Histoire d'un Anect de deux jeunes Filles. — ☺ Maroussia. — ☺ Les Patins d'argent. — Les Quatre Filles du docteur Marsch. — ☺ Les Quatre Peurs de notre Général.

S TAHL a voulu enseigner familièrement la morale, la mettre en action pour tous les âges. De tous les livres de Stahl se dégage une morale présentée avec toute la séduction et cette forme spirituelle qui donne à la fiction les apparences de la réalité. Peu d'hommes ont plus et mieux fait pour la jeunesse qui lui doit sa libération littéraire. » Ch. CANIVET. *(Le Soleil.)*

STAHL ET LERMONT. . . . . . . Jack et Jane. — La petite Rose, ses six tantes et ses sept cousins.
TEMPLE (DU). . . . . Sciences usuelles. — Communications de la Pensée.
TOLSTOI (COMTE L.) . . . . . . Enfance et Adolescence.
VERNE (JULES) ET D'ENNERY. Les Voyages au Théâtre.
VIOLLET-LE-DUC. . . . . Histoire d'une Maison.
— . . . . Histoire d'une Forteresse.
— . . . . Histoire de l'Habitation humaine.
— . . . . Histoire d'un Hôtel de Ville et d'une Cathédrale.
— . . . . Histoire d'un Dessinateur.

Volumes grand in-8° jésus, Illustrés

BIART (L.) . . . . Aventures d'un jeune Naturaliste.
— . . . . Don Quichotte *(adaptation pour la jeunesse)*.
BLANDY (S.). . . . . Les Épreuves de Norbert.
CLÉMENT (CH.). . . . . Michel-Ange, Raphaël, Léonard de Vinci.
FLAMMARION (C.) . . . . Histoire du Ciel.
GRANDVILLE . . . . Les Animaux peints par eux-mêmes.
GRIMARD (E.). . . . . Le Jardin d'Acclimatation.
LA FONTAINE . . . . Fables, illustrées par EUG. LAMBERT.
MALOT (HECTOR) . . . . ☺ Sans Famille.
MEISSAS (DE). . . . . Histoire Sainte.
MICHELET (J.). . . . . Histoire de la Révolution française, tomes I et II réunis, III et IV réunis.
MOLIÈRE. . . . . Édition SAINTE-BEUVE et TONY JOHANNOT.
STAHL ET MULLER . . . . Nouveau Robinson suisse.

Bibliothèque d'Education et de Récréation

Volumes in-18 illustrés

ALDRICH, Un Écolier américain.

ALONE, † Autour d'un Lapin blanc.

ANQUEZ, Histoire de France.

ASTON (G.), L'Ami Kips.

AUDOYNAUD, Entretiens familiers sur la Cosmographie.

BENTZON, Yette. — Pierre Casse-Cou.

BERTRAND, Lettres sur les révolutions du Globe.

BIART (L.), Aventures d'un jeune Naturaliste. — Entre Frères et Sœurs. — Monsieur Pinson. — La Frontière indienne. — Le Secret de José. — Lucia Avila. — Voyage et Aventures de deux Enfants dans un Parc.

BLANDY (S.), Le Petit Roi. — Les Épreuves de Norbert.

BOISSONNAS (B.), Ⓡ Une Famille pendant la guerre de 1870-71. — Un Vaincu.

BRÉHAT (DE), Aventures de Charlot. — Aventures d'un petit Parisien.

CANDÈZE (Dʳ), Aventures d'un Grillon. — La Gileppe.

CAUVAIN, Le Grand vaincu.

CHAZEL (P.), Le Chalet des Sapins.

CLÉMENT (CH.), Michel-Ange, etc.

DEQUET, Histoire de mon Oncle.

DESNOYERS (L.), Aventures de Jean-Paul Choppart.

ERCKMANN-CHATRIAN, L'Invasion. — Madame Thérèse.

FARADAY. Histoire d'une Chandelle.

FATH (G.), Un drôle de voyage.

FOUCOU, Histoire du travail.

GÉNIN, La Famille Martin.

GENNEVRAYE, Théâtre de Famille. — La petite Louisette.

GOUZY, † Voyage d'une Fillette au pays des étoiles.

GRATIOLET (P.), De la Physionomie.

GRIMARD, Histoire d'une Goutte de Sève. — Jardin d'Acclimatation.

HIRTZ (Mˡˡᵉ), Méthode de Coupe et de Confection.

IMMERMANN, La Blonde Lisbeth.

LAPRADE (V. DE), Le Livre d'un Père.

LAURIE ANDRÉ, La Vie de collège en Angleterre. — Mémoires d'un Collégien. — Une Année de Collège à Paris. — Un Écolier hanovrien. — L'Héritier de Robinson. † Tito le Florentin.

LAVALLÉE (TH.), Ⓡ Frontières de la France, avec Carte.

LEGOUVÉ (E.), Les Pères et les Enfants (2 volumes). — Nos Filles et nos Fils.

LEMAIRE, Les Expériences de la petite Madeleine.

LOCKROY (Mᵐᵉ), Contes à mes nièces.

MACÉ (JEAN), Contes du Petit-Château. — Arithmétique du Grand-Papa. — Histoire d'une Bouchée de Pain. — Les Serviteurs de l'Estomac.

MAURY, Géographie physique. — Le Monde où nous vivons.

MAYNE-REID, Les Chasseurs de Girafes. — Les Chasseurs de Chevelures. — Le Désert d'eau. — Les deux Filles du Squatter. — Les Jeunes Esclaves. — Les Jeunes Voyageurs. — Les Naufragés de l'île de Bornéo. — Le Petit Loup de mer. — Les Planteurs de la Jamaïque. — Les Robinsons de Terre ferme. — Le Chef au bracelet d'or. — La Sœur perdue. — William le Mousse. — Les Exploits des Jeunes Boërs. — La Montagne perdue. — La Terre de Feu. — Les Émigrants du Transwaal. *(Avent. de Terre et de Mer. Œuvre choisie, 16 vol.)*

MORTIMER D'OCAGNE, Les Grandes Écoles civiles et militaires de France. (Historique, Programmes d'admission, Régime intérieur, Sortie, carrière ouverte).

MULLER, Jeunesse des hommes célèbres. — Morale en action par l'histoire. Les Animaux célèbres.

NOEL (E.), La Vie des fleurs.

NODIER (CH.), Contes choisis (2 volumes).

DE PARVILLE, Un Habitant de la planète Mars.

RATISBONNE, Ⓡ Comédie enfantine.

RECLUS, Histoire d'un Ruisseau. — Histoire d'une Montagne.

RENARD, Le fond de la Mer.

SANDEAU (J.), La Roche aux Mouettes.

SILVA (DE), Le Livre de Maurice.

SIMONIN, Histoire de la Terre.

STAHL (P.-J.), Ⓡ Contes et Récits de Morale familière. — Ⓡ Histoire d'un Ane et de deux jeunes Filles. — La Famille Chester. — Les Histoires de mon parrain. — Ⓡ Les Patins d'argent. — Mon premier voyage en mer *(adaptation)*. — Ⓡ Maroussia. — Les quatre Filles du docteur Marsch. — Ⓡ Les Quatre Peurs de notre général.

STAHL et LERMONT. — Jack et Jane. — † La petite Rose et ses sept Cousins.

STAHL ET MULLER, Le Nouveau Robinson suisse.

STAHL ET DE WAILLY, Scènes de la vie des Enfants en Amérique. — Les Vacances de Riquet et de Madeleine. — Mary Bell, William et Lafaine.

TOLSTOI, † Enfance et Adolescence.

VERNE (JULES) ET LAURIE, L'Épave du Cynthia.

VERNE (JULES), Les premiers Explorateurs (2 vol.). — Les grands Navigateurs du xviiiᵉ siècle (2 vol.). — Les grands voyageurs du xixᵉ siècle (2 vol.).

ZURCHER ET MARGOLLÉ, Les Tempêtes. — Histoire de la Navigation. — Le Monde sous-marin.

TYNDALL, Dans les Montagnes.

VALLERY-RADOT, Ⓡ Journal d'un Volontaire d'un an.

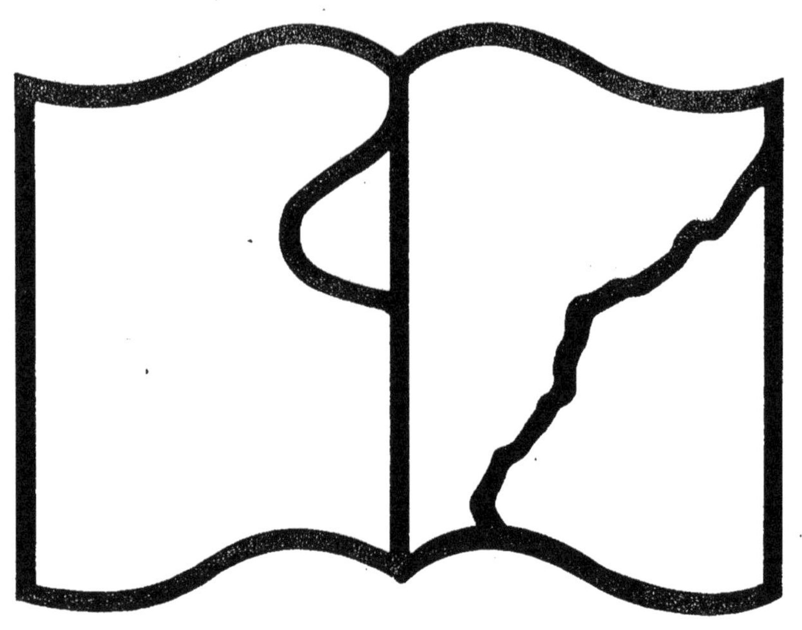

Texte détérioré — reliure défectueuse

NF Z 43-120-11

9 782016 143490